LE LIVRE

DES

GARDES-MALADES.

Troisième partic.

PROPRIÉTÉ.

LE LIVRE
DES
GARDES-MALADES.

Troisième partie.

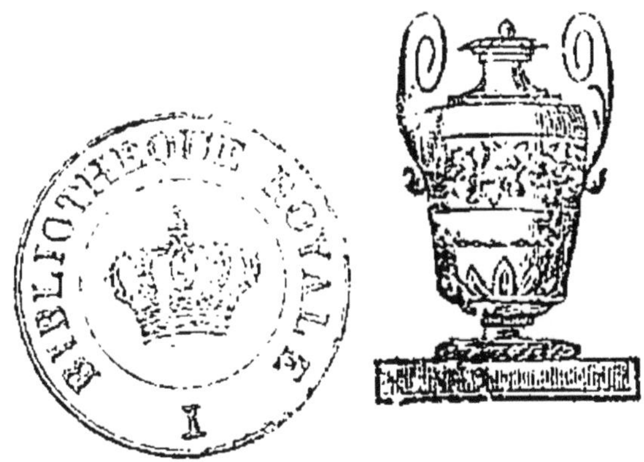

A LYON,

CHEZ GIRARD ET GUYET,

LIBRAIRES-ÉDITEURS, PLACE BELLECOUR, 21.

A PARIS,

CHEZ JACQUES LECOFFRE ET Cie,

RUE DU POT-DE-FER-St-SULPICE, 8.

1846.

LE LIVRE DES GARDES-MALADES.

DES PREMIERS SECOURS A DONNER AVANT L'ARRIVÉE DU MÉDECIN.

L'homme est exposé à des maladies, à des accidents, lesquels, survenant tout-à-coup, peuvent mettre sa vie en danger si l'on n'y remédie par de prompts secours.

En face d'un cas d'urgence, rester témoin inactif des souffrances de son semblable, ou se retirer sous prétexte que l'on n'est pas médecin, c'est une action coupable dont Dieu, un jour, demandera compte.

N'abandonnez donc jamais un malheureux, qu'il ait été frappé d'une maladie foudroyante, qu'il ait été victime d'un accident, voire même d'un assassinat. Hâtez-vous au contraire de lui prodiguer des secours.

N'écoutez pas ce préjugé menteur et égoïste qui veut qu'on attende l'arrivée de la justice avant de retirer un noyé de l'eau, de couper la corde d'un pendu, d'arrêter le sang d'un blessé.... préjugé lâche et barbare qui expose à laisser succomber un homme, faute d'être secouru à temps.

Obéissez au contraire au précepte dicté par la charité et par l'humanité, imitez l'exemple du Samaritain de l'Evangile, votre conscience sera satisfaite, et quoi qu'il arrive, la justice, je m'en porte garant, n'aura que des éloges à vous donner.

DES ASPHYXIÉS PAR LA STRANGULATION, PAR LA SUBMERSION, PAR LE CHARBON, ETC.

Noyés! — Je le répète, n'attendez pas l'arrivée de la police pour retirer un noyé de l'eau, et à moins qu'il ne présente les signes de morts décrits pages 57 et 58, ne lui épargnez pas vos soins. On a vu des personnes revenir à la vie plusieurs heures après avoir disparu sous l'eau.

Dépouillez le noyé de ses vêtements; pour aller plus vite, coupez-les avec des ciseaux. Placez-le sur le côté, la tête étant un peu relevée, essuyez-le, enveloppez-le dans des couvertures de laine; à défaut de couverture, mettez-le dans du foin. Frictionnez-lui tout le corps avec les mains, avec *des linges chauds*, des morceaux de drap en laine secs ou imbibés d'*alcali volatil*, d'eau-de-vie. Présentez à ses narines de l'*alcali volatil*, la fumée d'une allumette soufrée récemment allumée. Soufflez de l'air dans sa poitrine avec votre bouche appliquée sur la sienne, brûlez-lui légèrement la peau des jambes avec la flamme d'une allumette.

Gardez-vous de suspendre un noyé par les pieds, de le secouer.

Pendus, étranglés. — Détachez, coupez les liens sans attendre l'arrivée de la police; lavez la tête et la figure du malheureux avec de l'eau froide, de l'eau vinaigrée. Employez les frictions, les insufflations dans la poitrine, l'alcali volatil, la fumée et la flamme des allumettes, comme je l'ai conseillé pour les noyés.

Asphyxiés par le charbon, par la chaleur. — Ouvrez les portes et les fenêtres, et mettez en usage les mêmes moyens que dans les cas précédents.

Asphyxiés par le gaz des fosses d'aisance, des latrines, des cuves. — Exposez le malade au grand air, ôtez-lui ses vêtements, lavez-le avec de l'eau froide, vinaigrée ou *chlorurée*, agissez ensuite comme si vous aviez affaire à un noyé.

Remarque générale. — Tant qu'un noyé, un pendu ou un asphyxié, ne présente pas les signes certains de la mort (voyez pages 57 et 58), ne vous lassez pas de lui prodiguer vos soins. Les asphyxiés, les pendus, les noyés, ne sont quelquefois rappelés à la vie qu'après plusieurs heures de soins multipliés.

DE LA SYNCOPE ET DE L'APOPLEXIE.

Syncope, défaillance, évanouissement ou faiblesse. — La syncope que l'on pourrait confondre avec l'apoplexie en diffère en ce que le malade est pâle, sa peau est froide, parfois humide de sueur; la respiration est ralentie ou suspendue, les battements du cœur sont faibles ou lents; le pouls est insensible. L'apoplexie au contraire s'accompagne ordinairement de la rougeur de la face, de la force du pouls et des battements du cœur, de la persistance de la respiration.

Lorsqu'une personne tombe en syncope, en faiblesse, ce qui arrive souvent au malade qui se lève pour la première fois, à celui qui vient de perdre du sang, faites-la coucher de manière à ce que la tête ne soit pas plus élevée que le reste du corps; jetez-lui de l'eau froide à la figure avec force et en petite quantité; faites-lui sentir du vinaigre, de l'alcali volatil, de l'eau de Cologne, l'odeur d'une plume brûlée ou d'une allumette soufrée.

Apoplexie, attaque, coup de sang. (Voyez *syncope.*) — Couchez le malade la tête et la poitrine fortement relevées, laissez-lui la tête nue, ôtez sa cravate, mettez-lui aux jambes des cataplasmes de moutarde, des synapismes, ou bien plongez-lui les jambes dans un bain chaud, contenant cent vingt grammes (quatre onces) de farine de moutarde, ou un demi-litre de vinaigre, ou un demi-kilogramme (une livre) de sel.

Si l'apoplexie était survenue après un repas copieux ou composé d'aliments indigestes, essayez de faire vomir le malade en lui chatouillant la luette avec les barbes d'une plume, avec le doigt. Donnez-lui des infusions de thé, de fleurs de tilleul.

DES COUPS, DES CHUTES ET DES PLAIES.

Coups, chutes. — A la suite d'un coup, d'une chute, une personne *perd-elle connaissance*, tenez-lui la tête élevée, lavez-lui la figure avec de l'eau vinaigrée, faites-lui sentir de l'éther, du vinaigre; mettez-lui de la moutarde aux jambes.

La peau de quelque partie du corps a-t-elle été meurtrie, est-elle rouge et tuméfiée, appliquez-y des compresses mouillées d'*eau blanche*, d'eau légèrement vinaigrée ou salée.

Fracture, luxation. — Lorsqu'un homme s'est cassé ou déboité un os, emportez-le en le mettant sur un brancard ou dans un fauteuil; soutenez le membre blessé, de manière à lui épargner les secousses.

Si vous mettez le malade au lit, usez de précautions en le déshabillant, ne craignez pas de couper ses vêtements avec des ciseaux.

Recouvrez la partie blessée avec des compresses mouillées d'eau blanche, d'eau légèrement vinaigrée (deux cuillerées de vinaigre pour un demi-litre d'eau).

Gardez-vous de faire aucune tentative dans le but de remettre l'os luxé ou fracturé; mais attendez patiemment le médecin.

Entorse, foulure. — « A moins que la personne qui a éprouvé cet accident ne soit en sueur, à moins que ce ne soit une femme à l'époque de ses mois, plongez la partie foulée dans un bain d'eau fraîche durant plus d'une heure.

Enveloppez-la ensuite de compresses ayant été trempées dans de l'*eau blanche*, dans de l'eau vinaigrée. Maintenez-la dans un repos complet. » (M. Cadet-Gassicourt.)

Vous pourrez avoir recours primitivement à ces dernières dispositions.

Plaies, coupure. — Qu'une plaie ait été

faite par un instrument tranchant, qu'elle soit le résultat d'un coup ou d'une chûte, n'y mettez ni onguent, ni élixir, ni eau d'arquebuse, ni oignons de lys, ni feuilles de verveine; bornez-vous à la laver soigneusement avec de l'eau.

La plaie étant nettoyée, rapprochez-en les bords afin de rétablir les parties dans leur position naturelle, et maintenez-les rapprochés par l'application d'un morceau de taffetas d'Angleterre *(sparadrap)* humecté, ou par des bandelettes de *diachylum* agglutinatif légèrement chauffées.

Si ces substances vous manquent, couvrez la plaie d'un peu de charpie, de coton cardé, d'une compresse, et maintenez le tout avec une bande.

Des hémorrhagies. — Les chairs ayant été divisées par un instrument tranchant, par suite d'une chûte, donnent passage à un jet de sang considérable! mettez sur la plaie des morceaux d'amadou ou de linges brûlés, pliés en plusieurs doubles; puis maintenez-les fortement appliqués soit avec les doigts, soit au moyen d'un bandage convenablement serré.

Lorsque, le bandage d'une saignée s'étant défait, le sang s'échappe, mettez sur la piqûre une petite compresse pliée en plusieurs doubles, puis roulez une bande autour du bras que vous ferez tenir plié. Veillez ensuite à ce que rien ne serre le bras en haut de la saignée.

Hémorrhagies, vomissements, crachements de sang, etc. — Lorsqu'une hémorrhagie se déclare tout-à-coup par une ouverture naturelle, telle que le nez, la bouche, etc., faites boire au malade de la limonade, de l'orangeade, de l'eau de groseille, de la tisane de grande consoude; mettez des compresses imbibées d'eau froide et vinaigrée sur les parties correspondantes au siége de l'hémorrhagie, en même temps que vous appliquerez des cataplasmes de moutarde ou des compresses mouillées d'eau très-chaude sur les parties les plus éloignées.

Exemple :

Une personne saigne-t-elle par le nez d'une manière inquiétante, appliquez des linges mouillés d'eau froide sur le front, tandis que vous mettrez de la moutarde aux pieds ou aux jambes.

L'hémorrhagie a-t-elle lieu par le fondement, tenez sur le ventre des linges mouillés d'eau froide, donnez des lavements d'eau froide et vinaigrée, et appliquez de la moutarde aux bras.

Evitez l'emploi de l'eau froide en boissons, en lavements ou en fomentations, chez les personnes qui toussent, qui sont en sueur, chez les femmes qui ont leurs règles.

Piqûre d'une guêpe ou d'une abeille. — Mettez sur la partie piquée de l'*alcali volatil*, de l'eau de chaux, de l'eau salée, du persil pilé, de l'eau de Cologne.

Morsure d'une vipère. — Liez fortement le membre au-dessus de la morsure, élargissez la plaie, lavez-la avec de l'alcali volatil, ou bien introduisez-y quelques gouttes d'eau forte ou de vitriol, de la poudre d'alun ou de couperose. A défaut de ces substances, lavez la plaie avec de l'eau de chaux, de l'eau salée, ou ce qui vaut mieux encore, brûlez la plaie avec un fer rougi au feu.

Morsure d'un chien enragé. — Lavez la blessure avec de l'urine, de l'eau salée; introduisez-y de l'alcali volatil, de l'eau forte, de la poudre d'alun ou de couperose, *et surtout hâtez-vous d'appeler un médecin qui cautérise (brûle) la plaie.*

Après la cautérisation, le malade est libre de boire tel remède qu'il voudra, mais qu'il se garde de se borner à prendre ces remèdes sans s'être fait cautériser. La cautérisation, *opérée à temps* par un médecin, a toujours empêché la rage de se développer, tandis que l'on voit chaque jour mourir, dans les horribles souffrances de la rage, des gens ayant pris des remèdes renommés. Songez-y.

Brûlure. — La peau n'est-elle soulevée nulle part, plongez, s'il se peut, la partie brûlée dans de l'eau froide pendant une demi-heure au moins, recouvrez-la de coton ou de pomme-de-terre râpée.

La peau est-elle soulevée, percez les gonfles, afin de faire sortir l'humeur, et couvrez les parties malades avec de l'ouate de coton, huilée ou imprégnée d'un mélange à parties égales d'huile et d'eau de chaux battues ensemble. C'est là le meilleur des remèdes.

Epingles, arêtes de poissons et autres corps engagés dans le gosier. — Essayez de les faire sortir par le vomissement, en faisant boire au malade une grande quantité d'eau tiède, *un mélange d'eau et d'huile*, en lui chatouillant la luette.

On parvient quelquefois à faire descendre dans l'estomac les corps peu volumineux, tels que les arêtes de poisson, en faisant avaler des bouchées de pain imparfaitement mâché.

Convulsions chez les femmes enceintes. — Les convulsions qui surviennent pendant la grossesse exigent que l'on fasse appeler un médecin le plus tôt possible. En attendant son arrivée, vous maintiendrez la malade sur son lit, vous empêcherez les mâchoires de se rapprocher en tenant entre les dents un morceau de bois entouré d'un linge. Vous appliquerez des synapismes sur les membres inférieurs, en ayant soin de les changer de place dès qu'ils auront fait rougir la peau. Un lavement d'eau salée, des compresses mouillées d'eau froide et placées sur le front, pourront aussi être utiles.

Si le médecin tarde à venir, ayez recours à quinze ou vingt sangsues mises derrière les oreilles.

Convulsions des enfants. — Lorsqu'un enfant est déjà malade, l'apparition des convulsions est un accident très-grave qui nécessite la présence du médecin. En attendant son arrivée, bornez-vous à envelopper les pieds de l'enfant avec des cataplasmes chauds, donnez-lui à boire des infusions de fleurs de tilleul, de feuilles d'oranger, ou un peu d'eau de fleurs d'oranger dans de l'eau tiède.

Opposez les mêmes moyens aux convulsions ayant lieu chez des enfants qui auparavant étaient en bonne santé. En outre, s'ils ont eu froid, réchauffez-les; s'ils viennent de manger, faites-les vomir en leur chatouillant la luette, en les gorgeant d'eau tiède, d'infusion de thé ou de fleurs de tilleul; s'ils ont des vers, faites-leur prendre un vermifuge ordinaire, ou bien donnez-leur un lavement de lait sucré; faites-leur boire une cuillerée à bouche d'eau salée, mettez-leur sur le ventre un cataplasme d'ail pilé; s'ils sont très-jeunes, desserrez leurs vêtements, ôtez-en toutes les épingles.

Convulsions des adultes. — Excepté chez les femmes en l'état de grossesse, les convulsions des grandes personnes n'ont de gravité que par la fréquence de leur retour. Laissez le malade se débattre en éloignant de lui tous les corps durs; seulement, si cela vous est facile, étendez-le sur un matelas, faites-lui sentir du musc, de l'éther, l'odeur de plumes brûlées.

Indigestions. — Faites boire des infusions chaudes *de thé,* de feuilles d'oranger, de fleurs de tilleul; mettez des linges très-chauds sur l'estomac, provoquez un ou deux vomissements en chatouillant la luette.

Coliques. — Appliquez des linges chauds sur le ventre, donnez des infusions *de thé,* de fleurs de tilleul, de coquelicot; donnez un lavement avec une décoction de feuilles de mauves ou de son, avec de l'eau dans laquelle on aura fait bouillir un tiers ou un sixième de tête de pavot, selon sa grosseur.

Gardez-vous cependant d'employer le pavot chez les enfants.

Ivresse. — Provoquez les vomissements en chatouillant la luette. Administrez à la personne ivre une infusion de thé, dans laquelle vous verserez, si vous le pouvez, *huit à dix gouttes d'alcali volatil.* Infusion de fleurs de tilleul.

DES EMPOISONNEMENTS.

En cas d'empoisonnement, hâtez-vous d'envoyer chercher un médecin ou un pharmacien; hâtez-vous de faire vomir le malade.

Provoquez les vomissements en gorgeant le malade d'eau tiède, d'un mélange d'eau et d'huile, en lui chatouillant la luette, ou en lui enfonçant l'extrémité des doigts dans le fond de la bouche.

Après la production des vomissements, les moyens auxquels vous devrez avoir recours seront différents, selon les douleurs du malade, selon l'espèce d'empoisonnement.

1° Si le malade a dans la bouche un goût

métallique, s'il éprouve une sensation de resserrement dans le gosier, s'il ressent une douleur atroce, comme s'il avait un fer brûlant, dans la bouche, le gosier, l'estomac, le ventre; s'il a des vomissements affreux, sanguinolents, en d'autres termes, si vos renseignements vous ont appris qu'il a avalé de l'arsenic, du vert-de-gris, de l'alun, de la couperose bleue, du sublimé ou des cantharides, faites boire au malade une grande abondance d'eau tiède, de lait ou d'huile, appliquez-lui sur le ventre des cataplasmes de feuilles de mauve, de pain cuit, ou des linges trempés dans de l'eau tiède. Mettez-le dans un grand bain, donnez-lui des lavements avec de l'eau de son, avec une décoction de feuilles de mauve.

Exception. — L'huile ne convient pas dans les empoisonnements par les cantharides.

2° Si le malade présente les symptômes suivants : stupeur, engourdissement, air hébêté, sorte d'ivresse, pesanteur de tête, évanouissements, sueurs froides, etc.; si vous savez qu'il a avalé des champignons, de l'opium, du laudanum, de la morphine, du pavot, de la ciguë, de la pomme épineuse ou de la noix vomique, faites-lui boire de l'eau vinaigrée, du café, employez les applications de moutarde le long du dos, aux mollets. Administrez-lui des lavements d'eau salée ou vinaigrée.

Chez les personnes victimes de la dernière espèce d'empoisonnement, les moyens que j'ai conseillés pour amener les vomissements ne réussissent pas toujours ; il serait préférable, si vous pouviez vous procurer promptement de l'émétique ou de la couperose bleue, de leur donner à boire un grand verre d'eau tiède dans lequel vous auriez fait fondre trois décigrammes (six grains ou gros comme deux grains de froment) de l'une de ces substances.

Je joins ici la liste de quelques contre-poisons que vous devriez employer dans les premières heures de l'empoisonnement si vous veniez à connaître le nom du poison avalé.

Contrepoisons de l'eau forte, de l'acide sulfurique (vitriol). — Ce sont : la craie écrasée et délayée dans de l'eau, l'eau de chaux, l'eau de savon.

Le vert-de-gris, la couperose bleue, le sublimé, ont pour contrepoisons, de la farine délayée dans de l'eau, et l'*eau albumineuse*, c'est-à-dire, de l'eau que l'on a battue avec des blancs d'œufs (douze œufs pour un litre d'eau). L'emploi de ces substances ne doit pas empêcher de provoquer les vomissements.

L'arsenic compte de nombreux contre-poisons; le meilleur est le *tritoxide de fer hydraté*, employé délayé dans un ou deux verres d'eau et avalé à une dose quinze fois plus forte que celle présumée de l'arsenic. L'*eau albumineuse* (voyez *vert-de-gris*), la décoction de quinquina, de noix de Galles, d'écorce de chêne, la poudre de charbon, produisent également des effets utiles.

Emétique. — Employez la décoction d'écorce de chêne, de quinquina, de noix de Galles, le bouillon gras.

Cantharides. — Faites des frictions sur le ventre avec de l'eau-de-vie camphrée; donnez le camphre à l'intérieur, à la dose de deux décigrammes.

DE QUELQUES ACCIDENTS QUI ACCOMPAGNENT L'APPLICATION DES SANGSUES, DE LEUR DÉGORGEMENT ET DE LEUR CONSERVATION.

L'application des sangsues est accompagnée quelquefois d'accidents qui inquiètent les gardes-malades; ils me sauront gré de leur apprendre quels moyens ils devront leur opposer.

Si pendant l'application de sangsues le malade ressent des douleurs insupportables, s'il prend des convulsions, déterminez la chute des sangsues en les saupoudrant d'un peu de sel, faites sentir au malade l'odeur de plumes brûlées, d'éther ou d'eau de Cologne.

Après la chute des sangsues, le malade se trouve-t-il mal, sa figure devient-elle pâle, ses lèvres bleuâtres, sa peau froide, prend-il des convulsions, ayez recours également à l'emploi d'odeurs pénétrantes, lavez le front du malade avec de l'eau froide et vinaigrée, mais surtout arrêtez l'écoulement du sang.

Pour cela appuyez, pressez sur la piqûre un morceau d'amadou, de linge brûlé, une boule de papier mâché. Ce moyen n'a-t-il pas réussi, tenant d'une main un morceau d'alun ou de vitriol, introduisez-le dans chaque piqûre, tandis que de l'autre main vous presserez la peau entre deux doigts, de manière à ce qu'elle forme un pli au sommet duquel se trouvera la piqûre.

Vous pourrez aussi, prenant cette dernière précaution, vous servir de la pointe d'un clou rougi au feu pour brûler une piqûre dont le sang ne voudrait pas absolument s'arrêter.

Après les piqûres des sangsues, il arrive parfois que le sang, s'épanchant sous la peau autour d'une piqûre, forme une tumeur noire; prenez alors un petit linge plié en plusieurs doubles, trempez-le dans de l'eau vinaigrée, et tenez-le appliqué sur la tumeur avec une bande roulée serré.

Les parties qui environnent la piqûre sont-elles noires sans être enflées, mettez-y une compresse trempée dans de l'*eau blanche*, de l'eau vinaigrée.

La peau est-elle rouge, y a-t-il enflure, appliquez-y des cataplasmes de feuilles de mauve, de farine de graines de lin.

Des ulcérations (petites plaies) sont-elles survenues à la place des piqûres, lavez-les avec de l'eau de mauve, graissez-les avec du *cérat* ou de la crême fraiche.

Ces accidents ne viennent point, comme on le croyait autrefois, de ce qu'on s'est servi de sangsues ayant déjà mordu d'autres malades; aussi le prix de ces animaux étant très-élevé, je crois être utile en faisant connaître les meilleurs moyens de faire dégorger et de conserver les sangsues (1).

(1) Le procédé que je conseillerai de préférence consiste à faire sortir le sang par une ouverture pratiquée sous le ventre de la sangsue. Son exécution n'étant pas sans difficultés, je prétends seulement l'indiquer ici aux médecins, aux pharmaciens et aux sages-femmes qui trouveront tous les détails

Une méthode de dégorgement qui n'est pas assez mise en usage est la pression. On opère ainsi : avec les doigts de la main gauche recouverts d'un linge fin, on tient la sangsue par la queue (la grosse extrémité), tandis qu'avec le pouce et un doigt de l'autre main on la presse d'arrière en avant jusqu'à ce qu'elle ait rendu le sang qu'elle contient. Ce moyen est surtout facile quand on a affaire à de jeunes sangsues, elles dégorgent promptement et elles tardent peu à être aptes à une nouvelle application. La pression ne peut être employée souvent chez le même animal.

On fait également dégorger les sangsues en les mettant dans des cendres ; si l'on veut qu'aucune ne soit rendue malade, il faut se servir de cendres ayant passé à la lessive, il faut en sortir les sangsues *aussitôt qu'elles ont rendu le sang absorbé, et les laver ensuite avec le plus grand soin.* L'emploi des cendres est presque toujours fatal aux jeunes sangsues ; mieux vaut pour elles la pression. On peut aussi les mettre dans du son.

On réussit encore très-bien en plongeant les sangsues pendant une ou deux minutes dans un mélange d'eau et de vin, à parties égales.

désirables dans le *Journal de la Société royale d'Emulation de l'Ain*, année 1845, deuxième numéro.

Ce n'est pas tout que d'avoir fait dégorger les sangsues, il importe de savoir les conserver.

Pour conserver les sangsues, tenez-les dans un pot à large ouverture que vous ne remplirez jamais d'eau qu'aux deux tiers et que vous couvrirez avec un linge très-clair.

Changez souvent l'eau, surtout si elle devient trouble. Ne laissez pas le pot au soleil, près du feu. Ne donnez à manger aux sangsues ni sucre, ni sang, etc. Mais le soin que je vous recommanderai le plus après le renouvellement fréquent de l'eau, est de jeter hors du vase les sangsues qui sont mortes ou malades.

Vous reconnaîtrez qu'une sangsue est malade lorsqu'elle reste au fond du pot le corps alongé, lorsque sa peau est couverte de plaies, de bosselures, lorsqu'elle est semée de taches rouges ou grises, surtout à la tête, lorsque l'eau est souvent trouble.

DES ACCOUCHEMENTS.

Accouchement avant terme. — Une femme enceinte est menacée de cet accident si après une chute, un effort, si après un certain saisissement, elle éprouve tout-à-coup un léger écoulement de sang, si elle ressent une grande pesanteur dans le bas des reins, des douleurs ou une sensation pénible de froid et de faiblesse dans le ventre, de faux besoins d'uriner.

Lorsqu'une femme est en danger de se blesser, conseillez-lui de se mettre au lit, de garder un repos complet, de manger peu, de s'abstenir de café, vin, liqueur. Donnez-lui quelques infusions de tilleul. Si elle a des coliques, faites-lui prendre un ou deux demi-lavements préparés avec de l'eau dans laquelle on aura fait bouillir une moitié ou un quart de tête de pavot, plus ou moins selon sa grosseur. Le médecin ou la sage-femme que vous aurez fait appeler, jugera ensuite des autres remèdes à employer.

Accouchement, et des soins à donner à la femme avant et pendant le travail. — Lorsqu'une femme à terme éprouve les premières douleurs de l'enfantement, envoyez chercher le médecin ou la sage-femme, et, en attendant, éloignez les personnes inutiles, débarrassez la femme des vêtements qui la gênent, mettez-la au lit. Si elle n'est pas allée à la selle depuis plusieurs jours, faites-lui prendre un lavement.

Préparez un fil double, des ciseaux, mettez de l'eau devant le feu.

Mais il arrive parfois que le travail de

l'enfantement s'accomplit, se termine avant l'arrivée de la sage-femme; voici ce que vous devez faire lorsque les douleurs de la femme sont fortes et rapprochées : Ne la laissez pas rester debout, faites-la mettre au lit, et aussitôt que la tête de l'enfant paraît, veillez à ce que la mère soit étendue sur le dos, la tête et la poitrine relevées, les jambes fléchies.

Des premiers soins à donner à l'enfant nouveau-né. — Lorsque l'enfant est venu au jour, liez le cordon à quatre travers de doigt de son attache à l'ombilic (nombril), coupez-le ensuite du côté de la mère, puis enveloppez le nouveau-né dans des linges mous, secs et légèrement chauffés.

Si l'enfant ne donne aucun signe de vie, s'il a la figure bleuâtre, tuméfiée, les lèvres livides, les membres flasques et sans mouvement, chatouillez-lui la plante des pieds, faites-lui des frictions sur les membres, le ventre et la poitrine, frottez-lui les tempes et le front avec de l'eau-de-vie, de l'eau de Cologne, soufflez-lui dans la bouche. Vous pourriez encore le fouetter avec un linge mouillé d'eau froide.

Si la respiration est gênée par des glaires qui remplissent la bouche, ôtez-les avec une plume, avec le doigt, avec une allumette recouverte d'une petite compresse.

Les mêmes moyens sont à employer si l'enfant après avoir vécu, même après avoir crié, vient à cesser de respirer.

CONDUITE DE LA GARDE-MALADE ENVERS LES NOUVELLES ACCOUCHÉES.

Ne donnez à la nouvelle accouchée ni liqueur, ni vin sucré, ni soupe au bouillon gras, mais seulement une infusion de tilleul.

Laissez-la reposer, vous bornant à mettre sous elle un drap plié en plusieurs doubles et chauffé.

Si cependant elle voulait changer de lit, chauffez le nouveau lit et ne permettez pas qu'elle y aille d'elle-même ; portez-la avec précaution.

Ayez soin de la laver deux fois chaque jour avec de l'eau tiède ; changez ses chauffoirs, c'est-à-dire les linges pliés en plusieurs doubles et chauffés sur lesquels elle repose.

Tenez-la en garde contre le danger qu'il y a à se lever trop tôt, à faire son ménage, à prendre l'air froid, à toucher l'eau froide, pendant tout le temps que dure la perte.

La première fois qu'une accouchée sort,

ce doit être pour aller à l'église remercier Dieu de son heureuse délivrance, se faire bénir et purifier; tâchez que cette première sortie ait lieu par un temps sec et chaud (1).

Outre ces soins qui conviennent particulièrement à la femme en couches, les gardes-malades devront suivre les conseils que j'ai donnés sur la manière de se conduire envers les malades.

(1) *Le Médecin de campagne*, par M. MUNARET.

DE QUELQUES INSTITUTIONS

UTILES A CRÉER

DANS LES CAMPAGNES.

SOCIÉTÉS DES DAMES DE MISÉRICORDE.

Il y a beaucoup plus de gens qu'on ne le croit à qui il suffit de montrer le bien pour qu'ils le fassent.

DE CORMENIN.

A la campagne le véritable pauvre, celui qui est infirme, malade, languit souvent seul et abandonné, tandis que les aumônes sont données à des vagabonds et à des paresseux.

C'est là un abus déplorable auquel il serait facile de remédier par la création dans chaque commune d'une Société de Dames de miséricorde semblable, par exemple, à celle qui existe à Jujurieu.

A Jujurieu, village du Bas-Bugey, les femmes les plus aisées ou les plus charitables, femmes de propriétaires ou de cultivateurs, se sont réunies pour former une Société qui, sous la direction de M. le curé, s'occupe de soulager les vieillards, les indigents et les malades.

Le premier dimanche de chaque mois, au sortir de vêpres, les membres de la Société s'assemblent à la cure; là ces personnes bienfaisantes rendent compte de l'état des pauvres de leur voisinage, des malades qu'elles ont visités; elles reçoivent des secours qu'elles distribuent ensuite à chacun selon ses besoins.

La Société procure de l'ouvrage aux familles indigentes, elle place leurs enfants chez de bons maîtres. Y a-t-il des malades? elle charge deux de ses membres de les visiter, de les soigner; elle leur prête du linge, des couvertures, des baignoires, etc. Elle prie un médecin d'aller les voir; elle paie les médicaments.

Malgré l'étendue de ses bienfaits, ne croyez pas que la Société des Dames de miséricorde de Jujurieu possède des ressources au-dessus de celles que toute Société semblable trouvera dans la plupart des communes.

Ses ressources se composent d'une cotisation annuelle de 2 à 5 francs que paie chacun de ses membres, des denrées et du linge qu'on leur envoie, des legs laissés par les mourants, et surtout du produit d'une quête faite à l'église le premier dimanche du mois. Cette quête est toujours abondante; tout le monde donne, parce qu'on sait que les aumônes seront bien placées, et que c'est grâce aux Dames de la miséricorde que la commune a été débarrassée des mendiants.

En effet, M. le maire étant sûr, depuis la création de la Société, que tous les malheureux sont secourus à domicile, a défendu la mendicité, ce fléau des campagnes qui entretient les mauvais sujets au préjudice des vrais pauvres.

†

DES SOCIÉTÉS

DE BIENFAISANCE MUTUELLE.

Aidez-vous les uns et les autres.
ÉPITRE DE SAINT PAUL.

L'ouvrier, le cultivateur ou le journalier n'a le plus souvent que le produit de son travail pour vivre, pour nourrir sa famille; si une longue maladie vient l'empêcher de travailler, ses faibles économies se dissipent bientôt, puis surviennent la gêne, l'indigence. C'est bien pis encore, s'il n'a point d'argent devant lui; alors soins éclairés, médicamens, nourriture convenable, tout lui manquant à la fois, sa maladie s'aggrave, se perpétue. Peut-il entrer à l'hôpital, et c'est là une supposition, sa femme, ses enfans, privés de leur *gagne-pain*, languissent dans la misère.

Ces tristes suites de la maladie, je me hâte de le dire, sont épargnées au prolétaire qui est membre d'une *Société de bienfaisance mutuelle*. Ces institutions sont appelées à être une source de bienfaits pour la classe laborieuse. Non-seulement elles assurent les ouvriers contre la misère, mais en créant par eux des rapports de confraternité, une réciprocité de bons services, elles ajoutent à leur moralité en même temps qu'elles améliorent leur condition matérielle.

Je souhaite qu'elles se propagent dans toutes les parties du département, et j'espère aider à la réalisation de ce vœu en mettant en lumière leurs résultats utiles, en faisant connaître leur organisation.

Pour donner une idée exacte de l'esprit et du mécanisme de ces institutions, j'exposerai l'historique de la *Société des secours mutuels entre les ouvriers de la ville de Bourg*. Comptant parmi ses membres un grand nombre de journaliers ou de cultivateurs, dont une partie demeure à deux et même trois kilomètres de Bourg, elle est une preuve que les bienfaits de cette sorte d'institutions ne sont nullement inaccessibles aux habitants des campagnes.

En 1844, cent ouvriers, auxquels un grand nombre d'associés ne tardèrent pas à se joindre, eurent l'idée *de former une Société dans le but de se prêter mutuellement secours et assistance dans les maladies, les infirmités et la vieillesse.*

Afin que leur œuvre fût durable, afin

d'en rendre les effets efficaces, ils arrêtèrent un réglement dont la disposition principale est que chaque membre paierait, outre une première mise de trois francs, la rétribution mensuelle de un franc.

La Société, formée ainsi par les ouvriers, accorde à chacun de ses membres, lorsqu'il est malade, la somme quotidienne de un franc, à moins que sa maladie ne soit le résultat du libertinage ou de la débauche.

Elle paie, en outre, le médecin et le pharmacien. Le malade qui n'est pas assez fatigué pour interrompre ses occupations, reçoit également aux frais de la Société les remèdes et les soins du médecin.

Elle assure aux ouvriers une pension en cas d'infirmités, lorsque l'âge les rendra incapables de travailler.

Elle procure au Sociétaire décédé un enterrement religieux et honorable. Les Associés accompagnent le convoi jusqu'à la demeure dernière.

Elle accorde des secours à la veuve qui se conduit bien; elle prend sous son patronage les enfants du Sociétaire défunt.

Et tous ces avantages pécuniaires sont donnés en échange d'une cotisation mensuelle de un franc, tellement est puissant le principe de l'association. C'est que parmi les Sociétaires, il n'en est jamais qu'un petit nombre à la fois qui aient besoin de secours; pendant que quelques-uns sont malades, les autres trente fois, cinquante fois plus nombreux, travaillent, gagnent, alimentent la caisse. Lorsqu'un ouvrier travaille, un franc prélevé sur le salaire d'un mois ne le gêne nullement, tandis que lorsqu'il est au lit, un franc qu'il reçoit chaque jour est une grande ressource pour lui et pour sa famille. Ajoutez à cela que n'ayant pas à se préoccuper du paiement du médecin et du pharmacien, il a recours tout de suite à des conseils éclairés. Il ne laisse pas sa maladie empirer faute de soins, et devenir incurable.

La Société des ouvriers de Bourg ne pourrait réaliser d'aussi grands bienfaits, sans des administrateurs pleins de zèle, de sagesse et de fermeté, ne refusant les secours à aucun membre y ayant droit, mais sachant aussi résister aux demandes injustes, aux sollicitations importunes.

Son administration est confiée à un Conseil composé de neuf membres, lesquels sont élus au scrutin par leurs co-associés, de même que les membres d'un Conseil municipal sont élus par leurs compatriotes.

Seulement, leur élection a lieu toutes les années.

Ces neuf membres qui forment le Conseil choisissent entre eux un président, un trésorier, un secrétaire et six syndics.

Le président représente la Société auprès des autorités; il préside les réunions du Conseil qui ont lieu tous les mois pour s'occuper des recettes et des dépenses, pour examiner les plaintes, les réclamations, pour recevoir ou refuser les membres nouveaux qui se présentent.

Le trésorier reçoit chaque premier dimanche du mois, à une heure fixée, la cotisation des sociétaires ; il paie les dépenses approuvées par le Conseil.

Le secrétaire est chargé de la tenue des écritures; il a un registre où sont inscrits le nom, l'âge, la demeure de chaque sociétaire, la date de son entrée, le montant de ses versements.

Un des six syndics est de service à tour de rôle pendant un mois; il prend des renseignements sur les personnes qui se présentent pour faire partie de la Société ; il voit les malades chaque dimanche, il leur fait parvenir les secours qui leur reviennent, il dirige les funérailles du Sociétaire décédé, il veille à ce que tous les membres de la Société y assistent, il nomme les visiteurs (1).

Les visiteurs qui sont nommés chaque mois au nombre de six, ont chacun un jour de la semaine pour aller voir les malades, rendre compte au syndic de leur état et de leurs besoins.

Les personnes qui demandent à entrer dans la Société, doivent être exemptes d'infirmités qui les rendent impropres au travail, avoir un état qui leur permette de gagner leur vie; elles doivent surtout jouir d'une réputation pure et sans tache. Cette dernière condition, par une noble susceptibilité, est exigible même pour les membres honoraires.

Sous le titre de membres honoraires, des personnes riches, affectionnées au bien public, sont admises à faire partie de la Société, à contribuer à ses charges, à participer aux distinctions honorables auxquelles tous ses membres peuvent être appelés. N'ayant droit à aucun secours,

(1) A la campagne, les fonctions de secrétaire pourraient être remplies par l'instituteur communal, celles de syndics par les gardes. La Société des secours mutuels entre les ouvriers de la ville de Bourg compte deux gardes-champêtres au nombre de ses syndics.

elles sont exemptes de tous les services de la Société.

Tout sociétaire peut être exclu de la Société, s'il commet une action honteuse, si, après avoir reçu les conseils paternels du président, il continue à avoir une conduite déréglée. Il n'a droit à aucune restitution pour les sommes qu'il a versées pour droits d'entrée, cotisations ou amendes.

Des amendes sont infligées aux sociétaires qui sont en retard pour le paiement de leurs rétributions mensuelles, qui négligent leur service de visiteurs, qui ne se rendent pas aux enterrements et aux assemblées de la Société.

Chaque année ont lieu également deux assemblées générales; le président y rend compte des recettes et des dépenses, de ceux des actes de l'administration qui ont quelque intérêt pour les sociétaires.

Ainsi, à juger de l'influence bienfaisante des Sociétés de secours mutuels, d'après les résultats opérés par celle des ouvriers de la ville de Bourg, non seulement les Sociétés de bienfaisance mutuelle aident leurs membres pendant leur maladie, envoient des consolations à leur chevet de douleur, leur assurent une pension dans leur vieillesse, leur rendent les honneurs funèbres convenables, assistent leurs veuves, protègent leurs enfants, mais elles tendent encore à créer chez les ouvriers des idées de confraternité, d'assistance réciproque; elles entretiennent parmi eux l'ordre, l'économie, les habitudes de bonne conduite, l'idée d'obéissance à un pouvoir supérieur (1).

Après avoir constaté l'étendue de leur utilité, que me reste-t-il à faire, si ce n'est à prouver la facilité de former de pareilles associations. Les difficultés de leur création me semblent devoir être aplanies par l'existence dans les communes de compagnies de pompiers, de gardes nationaux, par l'existence dans les paroisses de confréries religieuses.

Que chaque homme d'une compagnie s'engage à payer une première somme de 3 à 6 francs, je suppose, puis une cotisation mensuelle de 1 franc, voilà une Société de secours mutuels tout organisée. Le capitaine sera son président, les lieutenants, fourriers et sergents, seront naturellement

(1) La Société de bienfaisance mutuelle des jardiniers assiste en corps, chaque année, à deux messes, dont l'une de *requiem* pour ses membres décédés. — C'est là un témoignage de sentimens religieux qui lui fait honneur.

les membres du Conseil. C'est ainsi qu'ont commencé à Bourg les Sociétés de bienfaisance mutuelle de la compagnie des pompiers et de celle de l'artillerie.

Que les membres d'une confrérie agissent de même et le même résultat sera produit. C'est par une transition semblable que la Société de Persévérance de Bourg est devenue une Société de bienfaisance mutuelle. Plus de 200 jeunes personnes, lesquelles s'étaient réunies pour s'aider mutuellement à vivre dans l'observation des préceptes de la religion chrétienne, se sont engagées depuis peu à payer une rétribution mensuelle de 50 centimes; elles reçoivent en retour, lorsqu'elles sont malades, un secours de 1 franc par jour. Heureuse inspiration ! Car la maladie conduit à la misère; et, selon une expression du pape Grégoire XVI, *la misère porte certainement au mal.*

La Société de Persévérance a comblé ainsi en partie un vide fâcheux, qui existait dans les Sociétés de Bourg, celui d'une Société entre les femmes. Espérons que son exemple sera suivi. La Société des secours mutuels entre les ouvriers de Bourg, au moyen d'une cotisation spéciale, volontairement souscrite par les hommes mariés, et celle des jardiniers, en puisant dans la caisse commune, paient les funérailles de la femme ou de la veuve d'un sociétaire; elles accompagnent son convoi. Mais ce n'est point assez. La femme d'un ouvrier est la compagne de ses travaux, c'est souvent la seule personne qui le console dans ses peines; pour un homme, père d'enfants en bas âge, la perdre est le plus grand des malheurs. Il est donc à regretter que les Sociétés de secours mutuels de Bourg, n'aient point compris les femmes dans leurs prévisions de bienfaisance, ou bien que les femmes n'aient point formé de Sociétés semblables.

Le Dr E.,

Médecin de l'hospice de la Charité de Bourg.

TABLE ALPHABÉTIQUE

DES MATIÈRES

POUR LES TROIS PARTIES DU LIVRE DES GARDES-MALADES.

A.

B.

C.

★

D.

E.

F.

G.

H.

I.

L.

M.

N.

O.

P.

R.

S.

T.

V.

Bourg, imprimerie de Milliet-Bottier.

www.ingramcontent.com/pod-product-compliance
Ingram Content Group UK Ltd.
Pitfield, Milton Keynes, MK11 3LW, UK
UKHW022143190726
13855UKWH00003B/1319

9 782013 281102